LA

BATAILLE ÉLECTORALE,

Poème politi=comique;

Par M. Félix Bodin.

PARIS,

CHEZ MOUTARDIER, LIBRAIRE-ÉDITEUR,
RUE GÎT-LE-COEUR, N. 4;

ET A TOUTES LES LIBRAIRIES DE NOUVEAUTÉS.

—

1828.

PARIS, IMPRIMERIE DE GAULTIER-LAGUIONIE, HÔTEL DES FERMES.

LA

BATAILLE ÉLECTORALE,

POÈME POLITI-COMIQUE.

Paris, imprimerie de Gaultier-Laguionie, hôtel des Fermes.

LA
BATAILLE ÉLECTORALE,

POÈME · POLITI-COMIQUE.

Par M. Félix Bodin.

PARIS,

CHEZ MOUTARDIER, LIBRAIRE-ÉDITEUR,

RUE GIT-LE-COEUR, N. 4.

ET A TOUTES LES LIBRAIRIES DE NOUVEAUTÉS.

1828.

AVANT-PROPOS.

Cela doit être mauvais: tel est le jugement que beaucoup de personnes vont porter sur cette bagatelle avant de l'avoir lue. La prévention ainsi enracinée dans certains esprits ne se détruit presque jamais.

Ceux qui, cédant à un entraînement souvent malheureux, se livrent tour-à-tour à des genres très-différens, passent ordinairement pour incapables de réussir tout-à-fait dans aucun. Une organisation trop mobile et trop capricieuse, une vocation indécise ne sont jamais d'un heureux augure. Les hommes spéciaux inspirent plus de confiance: à leur égard le public a comme un parti pris. C'est une chose convenue de les écouter sur ce qu'ils savent. Cela doit être, parce que le petit nombre qui juge ne se donne guère le temps d'examiner, et que le grand nombre a tout autre chose à faire. Pour ne pas risquer d'être trompé, on n'écoute pas.

J'ai pu faire jusqu'ici d'assez méchans vers; mais, comme le Misanthrope, je m'étois bien gardé de les montrer aux gens. Eh! qui n'a pas fait au collége l'indispensable tragédie? Dieu merci, tout cela reste en portefeuille, et toutefois les vers ne nous font pas faute. Aurois-je dû traiter ce petit poème comme un essai de collége? Je le saurai plus tard.

Quand on n'est pas connu pour faire des vers, on éprouve naturellement, avant d'en publier, plus d'embarras et de crainte, que pour se hasarder en prose. Pour moi, du moins, il en est ainsi; j'ai même assez long-temps hésité; peut-être eussé-je reculé, si, au fond de cette inquiétude, je n'eusse cru trouver un amour-propre déguisé, avec lequel il faut pourtant bien en finir, et qui doit être châtié, s'il le mérite. Après tout, j'ai un bon moyen de me rassurer; c'est de songer que ma prose me laisse assez ignoré pour que je ne puisse pas beaucoup me compromettre avec des vers, s'ils ne sont que médiocres.

Si ce poème, que j'appelle *politi-comique*, ne réussit pas, je ne pourrai certes m'en prendre qu'à moi-même ; car, avec nos mœurs, telles que les font nos institutions, aucun sujet ne pouvoit offrir plus d'intérêt. Sous un gouvernement représentatif, les élections seront toujours la grande affaire d'une nation , les grands jours de sa vie, si l'on peut dire ainsi.

Mais d'abord il falloit savoir de quelle manière devoit être traité un pareil sujet. Le genre dit *héroï-comique* ne me sembloit pas lui convenir, et voici pourquoi. Ce genre, depuis le combat des rats et des grenouilles, (quel qu'en soit l'auteur, Homère ou non) est la parodie du genre épique, et l'application des formes de l'Epopée à la peinture de personnages vulgaires , au récit d'actions burlesques. Les personnages allégoriques qu'on y mêle, sont un nouveau trait de carricature. Au fond, dans son Lutrin, que des critiques regardent comme son chef-d'œuvre, le classique Boileau, sans le vouloir, tourne en ridicule le langage pompeux d'Homère et de Virgile. Les longs discours, les grandes comparaisons, l'usage de toutes les métaphores , de toutes les locutions consacrées, sont autant de charges; et Sidrac, Brontin, Boirude , etc. , sont, en grotesque, des Ulysse, des Ajax, des héros d'Épopée enfin.

En prenant cette forme, d'ailleurs employée tant de fois jusqu'ici et souvent avec tant de succès, outre l'inconvénient d'arriver à la suite dans une carrière qu'on peut dire usée par le talent, je trouvois celui de paroître jeter du ridicule sur l'action principale, c'est-à-dire, sur l'élection; c'eût été aller directement contre mon but. J'ai bien voulu en couvrir les artisans de fraude, les instruments d'oppression, les suppôts de l'ignorance et les gardiens de la sottise : mais je devois séparer d'eux avec soin la majorité réelle , les honnêtes gens, ou, pour mieux dire, la nation.

Qu'avois-je donc à faire? Présenter tout simplement le tableau des élections , le plus vrai, le plus vivant, le plus amusant qu'il me fût possible, tel que le puissent reconnoître tous ceux qui y figurent comme acteurs, tel qu'ils s'y retrouvent dans diverses situations, et croient y reprendre leurs rôles. En même temps je devois m'abstenir d'indiquer aucune localité pour la scène du drame, et généraliser cette peinture de telle façon que chacun croie la scène dans son pays et la peinture faite d'après les originaux qu'il connoît. Pour cela il étoit bon de placer l'élection dans un arrondissement de sous-préfecture, parce que le plus grand nombre est dans ce cas, qu'ensuite les tyrannies subalternes sont plus ridicules dans une petite ville que dans une grande, et que l'importance d'un préfet est moins divertissante que celle d'un sous-préfet. Toutefois, je ne prétendois pas m'interdire de semer le récit de quelques épisodes historiques ou d'invention, ni d'y jeter plusieurs figures burlesques sans m'astreindre à les suivre et à les reproduire du commencement à la fin.

De la sorte, je ne détournois pas sur quelques personnages principaux l'intérêt qui doit s'attacher à l'action, et cette action, dans laquelle il falloit surtout montrer le concours des masses, offre toute l'unité qu'on puisse désirer : il s'agit de savoir qui l'emportera, de l'opinion réelle du pays ou d'une coterie en possession du pouvoir. Cette peinture étoit à-la-fois le moyen le plus simple et peut-être le plus neuf, de traiter le sujet.

Cependant s'il existe encore quelques amateurs des personnages allégoriques, je me suis mis en règle avec eux ; car un auteur doit tâcher d'être bien avec tout le monde. Il est vrai que j'ai rejeté toute cette fantasmagorie dans un chant séparé, et dans un cadre où il me semble qu'elle pouvoit entrer raisonnablement. On connoît dans le Richard III, de Shakspeare, la fameuse scène où les victimes du tyran lui apparoissent avant la bataille de Bosworth, et s'adressent successivement à lui et à son heureux antagoniste. J'ai adopté cette forme, qui m'a toujours paru éminemment pathétique. Si je croyois avoir réussi, je me hâterois de faire amende honorable à l'allégorie à qui je devrois de véritables remercîmens. En effet, elle m'aura donné l'occasion d'exprimer des sentiments, des idées d'un ordre trop élevé pour que j'eusse pu, sans cela, leur trouver place dans l'ouvrage ; et, en même temps, elle m'aura forcé à quitter un moment le ton de la poésie familière pour le langage plus noble qui convenoit à de respectables abstractions personnifiées. Si l'art nous conseille de varier le style, de passer du plaisant au sévère, j'aurai, du moins cette fois, et ailleurs peut-être, profité des conseils de l'art. Mais Chapelain a fait, comme chacun sait, un poème parfaitement conforme aux règles d'Aristote.

J'avois bien une autre intention que peut-être ne devrois-je pas avouer. Mais il faut être franc, même dans une préface, ne fût-ce que pour la rareté du fait. Je voulois que ce poème cachât sous la forme du récit quelque chose d'un peu didactique sur le sujet, et qu'il servît de cadre à plusieurs maximes de politique usuelle, principalement en matière d'élection, qu'il seroit utile de fixer dans la mémoire des citoyens. Heureux si j'avois rencontré quelquefois de ces vers qui, dans certains cas, prêtent une sorte d'autorité au bon sens!

Mais, qu'osois-je prétendre là; nous ne sommes guère dans un temps où l'on retienne de nouveaux vers, même quand ils en valent la peine : parmi les anciens il y en a tant à retenir! Cependant ces anciens vers ont été faits pour un ancien état social; il en faut de nouveaux pour de nouveaux besoins. La vie publique, à laquelle le gouvernement représentatif appelle les citoyens dans certaines occasions, doit avoir ses maximes, ses mœurs et sa littérature. Mais aujourd'hui que rien encore ne semble parfaitement assis, que tout est remis en question à chaque instant, l'événement du jour a bientôt effacé celui de la veille; on se dépêche de vivre, courant toujours sur l'avenir sans regarder le passé. Nous autres Français nous sommes oublieux, et nous n'avons guère cette disposition *rétrospective* qui, chez nos voisins, a converti la vie politique en habitudes et bâti l'édifice d'une constitution avec des antécédens. Dans cet état flottant notre littérature est malheureusement soumise à une puissance qui n'élève que pour abattre, qui, passant rapide comme l'éclair, ne fait briller un instant les ouvrages que pour les plonger aussitôt dans les ténèbres, qui punit la célébrité d'un jour par l'oubli des siècles, et qu'on pourroit représenter, comme Saturne, mangeant ses enfans : je veux dire la circonstance.

Aurai-je fait un ouvrage de circonstance? Si cela étoit, tant pis pour moi, et dans tous les cas je n'y ai pas songé. Mais je n'ai pas même à redouter ce triste honneur; car peut-être mon sujet est-il déjà vieux; il eût été neuf, il y a trois mois. Vraiment c'est dommage! il n'aura pas le mérite d'une brochure. Sur la politique il n'est plus permis que d'improviser, même en vers. Cependant on voudroit quelquefois faire de son mieux.

Du reste je ne prétends pas donner cet opuscule comme de la poésie, dans le sens le plus élevé que l'on attache à ce mot. Il s'agissoit d'exprimer des choses tout-à-fait anti-poétiques de la manière la moins prosaïque qu'il fût possible. La tâche n'était pas sans difficulté : l'exécution a droit à quelque indulgence.

LA

BATAILLE ÉLECTORALE.

PREMIÈRE JOURNÉE.

LES PRÉPARATIFS.

L'arrivée des Électeurs au chef-lieu d'arrondissement. —
L'aubergiste conciliant. — La nécessité d'un Comité électoral. — Le Comité constitutionnel. — L'assemblée des
Ministériels. — M. De Toufignon envoyé en ambassade et
repoussé avec perte.

Tout semble en mouvement dans la ville alarmée.
Déjà les combattants de l'une et l'autre armée
Viennent s'y rassembler par légers pelotons.
Les pesans berlingots et les vieux phaëtons,
Dont un vernis nouveau cache la friperie ,
Voiturent noblement la gentilhommerie.
L'agile char-à-bancs et les durs chariots,
Du chemin vicinal affrontant les cahots,

2

Vers le chef-lieu bon train conduisent la roture ;
Tandis que talonnant sa rustique monture
L'électeur villageois chemine en trotillant.
    Cependant l'aubergiste au visage brillant,
Sur le seuil de sa porte, en croisière se poste.
L'équipage rural et la chaise de poste
Obtiennent tour-à-tour son coup-d'œil engageant ;
Et l'hospitalité, qu'il offre à prix d'argent,
Du Turc, sans préférence, ou du Grec s'accommode.
Il écoute chacun, pour répondre à sa mode ;
A chacun il annonce un triomphe certain,
Réservant, dans le fond, sa pensée au scrutin.
    Mais que peut une masse unie à l'improviste ?
Elle a besoin d'un centre ; on la guide, on l'assiste,
Car la majorité d'un corps électoral,
Sans chefs est une armée où manque un général.
Il est vrai, s'il en faut croire le ministère,
On n'a point à choisir : il le dit sans mystère ;
L'électeur, désormais, passif comme un soldat,
Devient félon au roi, s'il cherche un candidat.
Mais l'homme indépendant est sourd à ce langage :
Pensant user d'un droit quand il donne un suffrage,
Il demande quels noms s'offrent au libre choix,
Sur qui semblent s'unir les plus nombreuses voix ;
Il veut le député que le pays désigne,

Non pas le plus puissant, mais d'abord le plus digne.
　　Utile état-major, des citoyens famés
En comité nombreux dès long-temps sont formés.
Pour l'imposé trop lent, sans perdre leurs paroles,
D'office ils procédoient à des extraits de rôles;
A travers les écueils de la formalité
Où la mauvaise foi glisse la nullité,
Ils guidoient l'inhabile, excitoient le timide,
Prenoient tous les partis sous leur civique égide,
Et savoient bien forcer, marchant le Code en main,
L'Escobar de bureau jusqu'en son lendemain.
Toujours prêts à plaider pour des droits à défendre,
Devant les tribunaux ils secondoient le gendre,
Quand l'insolent pouvoir, pour gagner quelques mois,
A l'abri d'un conflit, osoit braver les lois.
Le hardi commerçant et le prudent notaire,
L'actif *industriel*, l'heureux propriétaire,
Et le docte Esculape et l'enfant de Thémis,
Se rendent chaque jour à ce cercle d'amis;
Et, lorsqu'il s'est d'abord assuré de sa carte,
Ici vient l'électeur qui tient bon pour la charte.
　　Cependant que fait-on dans le camp ennemi?
Là, soyez-en bien sur, on n'est point endormi.
Comptant, s'il est vainqueur, sûr un noble salaire,
Le verbeux sous-préfet lâche la circulaire.

2.

Il accueille, dès l'aube et d'un air obligeant,
Des ministériels le troupeau diligent.
L'humble salarié, l'ardent congréganiste,
Électeur champignon qu'un faux mit sur la liste,
Sont les premiers au poste : ici l'on voit briller
Le hautain hobereau, le dévot marguillier,
Le bouillant substitut, qui, pour monter en grade,
A la communion va comme à la parade;
L'envieux délateur, qui, de fiel distillé,
Arrosa tout le monde au temps du jubilé;
L'ambitieux huissier, dont la main encore vierge,
Dans les processions ne va pas jusqu'au cierge;
Mais qui voulant défendre et le trône et l'autel,
Sous son bras le dimanche a risqué le missel.
On y rencontre enfin tous ces fonctionnaires
Dont la peur fait souvent des gens trop débonnaires,
Vrais serfs électoraux à la glèbe attachés,
Qui, tremblant de montrer leurs sentiments cachés,
Portent un joug honteux avec impatience;
Mais d'opter pour leur place ou pour leur conscience,
Un couteau sur la gorge on les a tous forcés :
Ceux qu'un avide espoir n'aura point amorcés,
De leurs fers, en secret, priant qu'on les délivre,
Vont pourtant les river, car item il faut vivre.

Toutefois à l'appel qu'ils ont tous entendu,

Les tièdes, les douteux n'ont pas tous répondu.
Certain faux électeur, pour stimuler leur zèle,
Étoit mis en campagne, et son rapport fidèle
D'un signe blanc ou noir notoit chaque pignon.
Ce quidam, ou plutôt M. de Toufignon,
Homme à l'œil chatoyant, à la mine perfide,
Franchit ville et faubourgs d'une course rapide.
Chez l'un d'un froid accueil il se voit régaler,
D'autres dans leur logis pour lui se font celer ;
Celui ci, plus versé dans l'art des politesses,
L'éconduit doucement par de vagues promesses ;
Mais un autre plus franc, si l'on veut, un brutal
Ne craint pas, dès l'abord, de dire un *non* fatal.
« Non, dit-il, d'un sot choix je connois trop les suites ;
« Non, je ne serai plus l'instrument des jésuites.
« Je suis las à la fin du joug des ignorans,
« Et du long provisoire, et des petits tyrans,
« Des intrigants pressés de combler leur fortune
« Amassée aux dépens de la perte commune,
« Pour nous piller encore, escamotant les voix
« De niais complaisants qu'ils ont dupés vingt fois.
« C'est notre faute à tous si ce vil ministère,
« Chaque jour perd la France et fonde un monastère,
« S'il tente d'abrutir, comme au siècle passé,
« Un peuple généreux que le joug a lassé,

« Si, le mal dans le cœur, le mensonge à la bouche,

« Brisant tout ce qu'il hait, souillant tout ce qu'il touche,

« Il proscrit la justice et craint la vérité :

« C'est notre faute à tous; nous l'avons mérité.

« Pour expier la mienne, au nez des émissaires

« Je dois crier : A bas les menteurs, les faussaires,

« Les vampires gorgés, mais toujours exigeants;

« Je veux le roi, la Charte et les honnêtes gens. »

A ces mots, Toufignon de courroux se transporte;

Mais l'électeur calmé le conduit à la porte.

SECONDE JOURNÉE.

LE BUREAU CULBUTÉ.

Le Député sortant, président du Collége électoral et candidat
  ministériel. — Le Perruquier politique: colloque entre lui
  et le candidat. — La Sortie en ville avec l'ingénieur. —Les
  Pamphlets électoraux. — L'importance de la composition
  du Bureau. — Les Aides électeurs. — Le Bureau changé.

A peine les clochers sont dorés par l'aurore,
Que devant ses vassaux le sous-préfet pérore :
On a même aperçu monsieur de Toufignon
Qui causoit avec lui de pair à compagnon.
Il espère toujours, à tout il remédie.
Mais l'acteur principal de cette comédie,
L'illustre président de Paris envoyé,
Pour s'élire lui-même étendard déployé,
Dès-lors ne montre pas autant de confiance.

Des promesses de cour il usa la science.
Un nuage s'étend sur son front soucieux :
Il voit tout le pays peuplé de factieux
Qui ne se prêtent plus à soigner sa fortune.
Des flatteurs maladroits la présence importune
Et l'encens trop épais déjà l'ont ennuyé.
Près d'une table assis, sur son coude appuyé,
Tout pensif, il attend que son barbier le rase.
Mais quel est le barbier qui volontiers ne jase,
S'il est mis sur la voie ou même de son chef ?
Dutoupet, qui jamais en ses discours n'est bref,
Perruquier diplomate, expert dans les enquêtes,
De l'endroit dans ses mains tient les plus fortes têtes :
Nul ne sait mieux que lui tous les secrets d'état.
Daignant s'humaniser, le noble candidat,
(C'est ainsi jusqu'aux grands que la vérité perce)
Lui parle élections, de l'esprit du commerce
S'informe, sans montrer un air trop curieux.
L'interrogé tout fier, d'un ton mystérieux
Abordant les hasards d'une vague réponse,
Au lieu de s'en tirer, dans le bourbier s'enfonce.
Le personnage insiste; au barbier interdit
Il demande à la fin sur lui tout ce qu'on dit.
Conduit au pied du mur par tant de pétulance ,
Le facond Dutoupet se recueille en silence ,

Promène lentement le rasoir sur son cuir,
Et s'apprête à combattre alors qu'il ne peut fuir.

Tandis que le blaireau, plein d'une eau savonneuse,
Étend sur le menton la mousse cotonneuse
Dont les neigeux flocons, s'élevant jusqu'au nez,
A figurer l'hiver sembleroient destinés;
Pour adoucir le vrai dont l'oreille est blessée,
Dutoupet en ces mots contourne sa pensée:
« Eh! monsieur, le public est-il jamais content?
« Autant vous lui donnez, il vous demande autant.
« Ils méritoient bien peu votre sollicitude
« Tous ces bourgeois si prompts en fait d'ingratitude!
—« Que diable espéroient-ils? —Oh! le pont, le canal,
« Ceux-ci le quai, ceux-là le chemin communal.
« Tout devoit se construire, et l'état en dépense
« Pour vous avoir élu leur devoit récompense.
—« Vouloient-ils qu'au budget puisant à pleines mains
« Je fisse en leur faveur des efforts plus qu'humains?
—« Vous aviez tout promis, monsieur, à les entendre,
« Et, rien ne s'étant fait, ils sont lassés d'attendre.
—« Les fous! —Ce n'est pas tout; d'autres donnant leur voix,
« Pour eux ou leurs parents comptoient sur des emplois;
« Car tous à quelque prix mettoient leur dépendance.
— « Pensent-ils que je tiens la corne d'abondance?

— « Sans doute. — Assez : je crois que vous m'avez coupé
— «Pardon. C'est qu'un moment le menton s'est crispé. »

Ce bizarre colloque en fruits n'est pas stérile.
Profitant d'un avis qui lui peut être utile,
Saisi, comme inspiré, par un élan subit,
Le député sortant endosse son habit.
Vite, il fait appeler, cédant à sa manie,
Celui qui, par état, est homme de génie ;
Un arpenteur les suit, le double mètre en main,
Et des quais tous les trois ils prennent le chemin.
Sur le terrain alors on toise, on gesticule ;
D'un zèle intempestif l'appareil ridicule
Devant le bon public est sans honte étalé ;
Mais l'hameçon paroît et n'est point avalé.
« Voyez la belle ardeur qui de quatre ans retarde !
« Monsieur, après dîner vous offrez la moutarde.

Déjà pendant ce temps de nombreux imprimés
Lancés par les deux camps, de toutes parts semés,
Les uns plus fastueux, les autres plus modestes,
Des divers candidats prônent les faits et gestes.
Pour changer le bureau, l'on s'est bien apprêté ;
Des Argus du scrutin le choix est arrêté.
Enlever le bureau ! c'est la chose importante,
Quand un pouvoir filou nous assiége et nous tente,

Affichant au besoin un scandale impudent ;
Dans un temps où parfois on voit maint président
Du dol et de la fraude user avec audace,
Tricher comme un escroc, aux gens mentir en face,
Et, sans s'inquiéter de surveillants trop bas,
Lire sur les billets son nom qu'il n'y voit pas.

Aussi des jeunes gens la joyeuse cohorte,
Dès la veille à cheval, en tous lieux se transporte.
Généreuse jeunesse, espoir de ton pays,
C'est toi qui sauveras ses droits presque envahis !
Toi, qui pour embrasser ses nobles destinées,
N'attends pas le signal du cens ou des années.
Eh ! l'on sert bien l'état sans payer trois cents francs !
C'est notre affaire à tous, Français de tous les rangs :
Chacun ne peut-il pas, civique volontaire,
Du zèle ou du talent se croire mandataire,
Quand vers le bien public il dirige les voix
De ceux à qui la Charte a conféré le choix ?
Dans ce commun accord la France réunie,
Forme de tous ses vœux une heureuse harmonie.

Le bureau provisoire est en règle attaqué.
Vingt électeurs d'aplomb sur tout ont l'œil braqué ;
Et, calmes avec force ou forts avec constance,

Contre tout passe-droit opposent résistance.
D'emblée au premier choc le bureau culbuté
Dans sa chute a déjà prédit le député.
Notre espoir s'affermit à ce coup péremptoire;
Tel succès d'avant-poste est presque la victoire.

LA NUIT.

LE SONGE.

La Probité, la Religion et la Liberté apparoissent successivement en songe au faux Électeur et à l'Électeur honnête. —
Le faux Électeur effrayé s'enfuit : il est ramené à la charge
par un gendarme.

La nuit sur ce bas monde, où vivent tant de fous,
A posé l'éteignoir si chéri des hiboux.
Tout dort. Transportons-nous soudain dans une auberge :
Une chambre à deux lits, faute de mieux, héberge
Deux électeurs qu'ensemble a placés le hasard,
Le choix à leur rencontre étant loin d'avoir part.
Toutefois du sommeil l'enivrante fumée
Appesantit bientôt leur paupière fermée,
Et, par un même songe à deux aspects divers,
Vient charmer l'honnête homme en troublant le pervers.
Un fantôme apparoît, au front grave, à l'air triste,
Et d'un ton foudroyant dit au faux royaliste :
« Toi, près de qui jamais je n'avois habité,

« Tu ne me connois pas, je suis la Probité.

« Faussaire, m'entends-tu ? Vois-tu ces meurtrissures ?

« Des serpens tes pareils, les voilà les morsures !

« Mais en vain contre moi tournent-ils leurs efforts,

« Tes maîtres vont tomber malgré leurs vils renforts,

« Qui, bravant de nos lois les rigueurs tutélaires,

« Méritent de passer du carcan aux galères.

 « Toi qui, dans un repos des sages envié,

« Du sentier de l'honneur jamais n'as dévié,

« Guidé par ta raison, fort de ta conscience,

« D'un meilleur avenir goûte la prescience.

« Grâce aux efforts des bons au bien encouragés,

« Je rentrerai bientôt dans mes droits outragés.

« Dors, et de la vertu que l'heureuse habitude

« Répande sur ton cœur sa douce quiétude. »

 Mais déjà le fantôme était évanoui :

Un autre s'est offert à l'esprit ébloui.

C'est la Religion qui, de sa voix auguste,

Veut frapper le méchant et consoler le juste :

 « Toi qui, pour ton profit, m'exploitant sans pudeur,

« Pour toi seul n'es que flamme et pour Dieu que froideur ;

« Faussaire, on te connoît. Sur ta face hypocrite

« On découvre la fourbe en traits hideux écrite.

« En vain sous l'étendard des fils de Loyola

« Ton zèle ambitieux naguère t'enrôla.

« Des superstitions le stupide cortége,

« Dont gémit le chrétien, que le bigot protége,

« L'aveugle fanatisme et son cri triomphant

« Lorsque du sein d'un père il arrache un enfant :

« Tous ces maux finiront. La France entière aspire

« A voir crouler du faux le sacrilége empire.

« Des tartuffes déchus le règne est expiré:

« On en verra foulant leur masque déchiré;

« Tous, ils seront honnis, et passera pour traître

« Quiconque sur la loi laisse régner le prêtre.

« Mais pour qu'ils soient punis, quelque jour, aux Français,

« Ils entendront prêcher la morale et la paix,

« Et d'un remords vengeur les pointes acérées

« Tourmenteront ainsi leurs ames torturées;

« Tel sera leur supplice: oui, dans leur cœur de fer,

« Pour cette vie au moins je leur crée un enfer.

    « Et toi qui, sans effort, fidèle à l'Évangile,

« Aux autres indulgent, toi-même étant fragile,

« Heureux par le devoir, saint par la charité,

« Devant Dieu confondu cherches la vérité,

« Quand du divin Jésus méconnaissant l'exemple,

« Le dur pharisien s'affiche dans le temple,

« Espère. Les chrétiens, un jour plus éclairés,

« Émancipés d'Ignace et du Christ inspirés,

« Déliant leur raison par la peur entravée,

« Liront la loi divine en leur ame gravée;

« Et d'autels dissidents, mais non séditieux,

« Un encens libre et pur montera vers les cieux.

« Dans l'espace et le temps adore l'être immense

« Qui jamais ne finit et jamais ne commence,

« Qui, du globe à l'atôme étendant sa bonté,

« Soignant dans un insecte un monde illimité,

« Aux sages, pour jouir, dicte la tempérance,

« Et, pour souffrir, à tous a donné l'espérance.

« Dors, de mes saintes lois précieux défenseur;

« D'angéliques accords savourant la douceur,

« Que, dans un calme heureux, ton ame reposée,

« Goûte comme un parfum la céleste rosée! »

Une forme nouvelle a déjà remplacé

L'image qui dans l'ombre un moment a passé.

« Toi qui, dans ton pays, tyran surnuméraire,

« Rampant pour dominer, et lâche ou téméraire,

« Viens étayer de fraude un pouvoir détesté,

« Lève ton front vers moi, je suis la Liberté.

« Non, cette furieuse aux regards fanatiques,

« Qui, prenant les grands noms pour les vertus antiques,

« Une hache à la main faisoit tonner sa voix;

« Ni l'horrible anarchie en guerre avec les lois;

« Mais la Liberté sainte et du ciel descendue.

« Des peuples opprimés ma parole entendue,

« Arme soudain leurs bras des fers qu'ils ont brisés.

« Aguerris trop long-temps, les vainqueurs abusés

« Sur l'autel de la Gloire un jour m'ayant frappée,

« Par l'épée affranchis ont fait régner l'épée.

« Mal, par qui tant de biens plus tard sont fécondés !

« Affreux torrent, propice à des champs inondés !

« Faussaire, sais-tu bien comprendre un tel langage ?

« Non ? mais tu le sauras. Vois, déployé, ce gage

« De paix et de bonheur, qui tant de fois juré,

« Fut par d'indignes mains tant de fois lacéré ;

« Ce pacte qu'on a vu dans la France en alarme,

« Livré par le jésuite au sabre du gendarme,

« Il sera maintenu. Des serviles ligués,

« Repoussés par la haine et jamais fatigués,

« Replongeant le troupeau dans une fange immonde,

« Des chartes que tu hais je couvrirai le monde.

« Malgré toi citoyen, aux lois seules soumis,

« Tout, hormis conspirer, te restera permis.

« Tu pourras, enviant le Danube ou le Tibre,

« Maudire, à haute voix, le bonheur d'être libre,

« Et, par l'opprobre seul hors de l'humanité,

« De tes anciens méfaits subir l'impunité.

« Toi qui de droits sacrés défends le noble usage,

« D'un paisible succès recueille le présage :

« L'arbitraire odieux, dans ses bases sappé,

3

« Sur tout le sol français demain sera frappé.

« Dors de ce doux sommeil qui de l'ame oppressé

« Dilatant le ressort, vient rendre à la pensée

« Ces sublimes élans de l'esclave inconnus.

« Tous les bons citoyens comme toi sont venus

« Ouvrir à leur pays un avenir prospère.

« Inflexible, persiste, et confiant, espère. »

De l'honnête électeur, par ce songe bercé,

Le réveil tarde encor quand le jour a percé.

Mais l'autre en vrai damné s'agite sur sa couche;

Pâle et tremblant d'effroi, l'œil hagard, l'air farouche,

Il se lève en sursaut, sort à demi-vêtu,

Et bientôt, s'éloignant de tout sentier battu,

Il court à travers champs dans son délire étrange,

Sans autre déjeûner que ses pouces qu'il mange.

On dit qu'assez long-temps de la sorte il erra,

Quand un homme à cheval, dont l'aspect l'attéra,

L'atteignit tout-à-coup. A sa mine un peu morne,

A sa triple aiguillette, à son feutre bicorne,

Au buffle en baudrier se croisant sur son sein,

Il l'avoit reconnu. « Quel est votre dessein?

« Crie au faux électeur l'homme d'arme en colère,

« Qui vous donne aujourd'hui ce teint patibulaire?

« Est-ce dans le danger que votre ardeur s'abat?

« Désertez-vous les rangs au moment du combat?

« Sus, marchez devant moi, sans répliquer, rebelle,
« Car votre sous-préfet par ma voix vous rappelle. »
Le faussaire, entendant cet ordre solennel,
Précède le gendarme ainsi qu'un criminel.
On le pousse à grands pas, à peine s'il respire;
Mais déjà du scrutin l'heure fatale expire:
Le vote illégitime est arrivé trop tard
Pour faire cette fois un député bâtard.

TROISIÈME JOURNÉE.

LA VICTOIRE.

L'Invocation oubliée. — L'alerte des Ministériels : leurs efforts,
Ils embauchent et amènent des recrues. - Les Esclaves scythes
et les Chevaux de moulinet. — Les grands moyens et les petites ruses électorales. — L'Électeur séduit par une demoi-
selle. — Les faux Électeurs chassés et Toufignon peloté. —
Description du bureau. — Le secret du vote. — Le Dépouil-
lement. — Le Candidat univote. — Le Triomphe de la majorité. — La Décadence des dîners électoraux. Le Dîner ministériel abandonné. — La Carte à payer du ministère déplorable. — Conclusion.

Qu'ai-je fait ! quel oubli ! Muse de l'épopée,
Par moi pendant trois chants indignement trompée !
Impoli ! Je n'ai point, osant braver l'ennui,
Même après mon début invoqué ton appui !
Quoi ! J'aurai négligé la classique tirade
Et cru m'en acquitter avec une algarade !
Déjà tu t'es vengée, et, triste fanfaron

Je tente vainement d'emboucher le clairon.

Pour chanter des deux camps l'ardeur toujours croissante,

Je voudrois de Lucain la voix retentissante,

Et mon pauvre larynx de ton secours privé,

Jusqu'aux tons du fausset à peine est arrivé.

Toutefois poursuivons. Pleins de haine et de rage ,

Les ministériels ne perdent point courage.

Les uns d'un air joyeux vont se frottant les mains,

D'autres en recruteurs parcourent les chemins;

Tous redoublent d'efforts: partout on voit paroître

L'infaillible gendarme et le garde champêtre.

Se livrant à des soins qui ne sont pas les siens,

Maint curé mène au feu ses dévots paroissiens.

Des maires dont le zèle en ce grand jour éclate,

Seigneurs ressuscités ou de nouvelle date ,

Qu'en leur banc le dimanche un féodal encens

Énivre d'une odeur réservée aux puissans ,

Du fond de leur canton fort peuplé d'imbécilles

Amènent en renfort quinze électeurs dociles.

Douze sont ralliés par leur juge de paix :

Trois autres dont l'esprit, pourtant assez épais,

Donnoit quelque souci, depuis leur arrivée

Ont été prudemment mis en charte-privée.

Ainsi (sur ce point-là si j'en crois un auteur

Presque toujours exact quand il n'est pas menteur)

Chez les Scythes le droit de battre le laitage
D'esclaves aveuglés étoit l'heureux partage.
Pour n'être point distraits on leur crevoit les yeux,
Et le beurre du maître en valoit beaucoup mieux.
Plus humains, sans blesser la matière organique,
Nous changeons le coursier en moteur mécanique,
Et le noble animal qu'un bandeau tient voilé,
Au bras d'un tourniquet tristement attelé,
Marchant pour reculer, avançant en arrière,
Suit dans un cercle étroit sa piteuse carrière.
　　Mais la séduction sur des esprits plus forts
A fait habilement mouvoir d'autres ressorts.
On n'a rien épargné ; dès long-temps on y songe :
On calomnie à point, on sert chaud le mensonge.
Un faux bruit se répand à peine fabriqué :
Des révolutions le spectre est évoqué ;
Voilà les grands moyens : les petits sont plus drôles,
Du moins on rit sous cape en y jouant les rôles.
Pour empêcher les uns d'arriver à bon port,
D'autres leur ont soufflé les moyens de transport,
Et, retenant partout les banales voitures,
D'avance ils ont loué jusqu'aux maigres montures.
Le puissant créancier promet à l'électeur
Un sursis refusé naguère au débiteur :
Et tel docteur malin, craignant une escapade,

A choisi ce jour-là pour purger son malade :
Il l'a pu sans danger ; pour de pareils essais,
La méthode expectante a le pas sur Broussais.

On cite une beauté, de haut lignage issue,
Par qui d'un prétendant l'espérance déçue
Au noble candidat valut un bulletin.
Il espéroit encore à l'heure du scrutin
L'amoureux électeur qui, la candeur dans l'ame,
Osoit faire agréer sa roturière flamme !
A trois cents francs d'impôts il devoit tant d'honneur,
Et l'éclair passager d'un rapide bonheur !
Ainsi qu'un paladin qui, dans une entreprise,
Des couleurs de sa dame a couvert sa devise,
Pour elle il abjuroit la Charte et son pays.
Mais d'un tel dévouement, hélas ! quel fut le prix !
Quand il vint rappeler des vœux que l'on fit naître,
A peine daigna-t-on même le reconnoître.

Tels qu'avec tant de soins on a circonvenus,
Par quelques braves gens à propos reconnus,
Sur le point de voter sont ramenés sans peine.
De l'intérêt public la lumière soudaine
Les éclaire, et bientôt dans l'autre sens tournés,
Honteux qu'on les ait crus des esprits si bornés,
Aux mots de liberté, de charte et de patrie,
On les voit secouer un joug de coterie.

D'autres, par les bigots voiturés à grands frais,
A peine sont rendus tous gaillards et tous frais,
Que laissant l'air bonasse et la mine crédule ,
Ils ont aux complaisans fait faux bond sans scrupule.
Au fond c'est bonne guerre; il faut qu'un ennemi
Trompeur trouve par fois un trompeur et demi.

Ils sont passés les temps d'abus et d'arbitraire !
A la loi maintenant nul ne se peut soustraire.
Le sous-préfet nomade et maint autre inspecteur
Qui sans droit de voter vient piquer l'électeur,
Amateurs espions, n'ont plus le privilége
D'entrer le front levé dans le sein d'un collége.
Le gendarme lui-même à la porte est placé,
Et pour maintenir l'ordre on s'en est bien passé.
Quel scandale! Nos jeux perdront-ils tous leurs charmes!
Dieux! pourra-t-on un jour s'amuser sans gendarmes!

Les électeurs d'emprunt sur la liste portés
A retourner chez eux tout bas sont exhortés;
Et du Code à leurs yeux exhibant la menace,
Sans tambour ni trompette aisément on les chasse.
Avec Toufignon seul on agit sans façon,
Car il méritoit bien une forte leçon.
A peine a-t-il montré sa face dans la rue,
Que d'un haro moqueur en chorus on le hue,
Et tous de main en main dehors le pelotant,

Ainsi qu'une toupie il va pirouettant.

Mais il falloit d'un fouet lui sangler la ceinture

Pour mieux chasser du temple un marchand d'imposture.

    Avez-vous d'un bureau pour ce cas élevé

Vu l'habile édifice à la hâte achevé?

Ceux qui nous ont doté de la chambre Villèle

Étoient capables seuls d'en forger le modèle.

Près d'une étroite estrade, ou plutôt sur ses bords,

A quatre pieds de haut posé sur des supports

Un ais bien plus étroit, par un art détestable,

Offre en dérision l'appareil d'une table.

Là, pour la forme, on mit l'inutile carton.

Tel, sans être un Pygmée y touche du menton,

Et pour écrire (ici vous voyez la malice),

Sur la pointe des pieds en pestant il se hisse;

Afin qu'un scrutateur d'un ton officieux

Lui dise : « De ma place on écrit beaucoup mieux ;

« Monsieur ne voudra point que mon offre soit vaine,

« Je peux tenir sa plume en épargnant sa peine. »

Là, comme dans un fort, quelque vil délateur

Tient sous sa couleuvrine un timide électeur.

Mais le hardi votant qui se rit d'un tel piége,

Peut devant ce rempart venir mettre le siége :

Parlons sans calembourg, il porte un escabeau,

S'y juche, et de papier quand il tient son lambeau,

Narguant des curieux les mines ridicules,

Il écrit à son aise en grosses majuscules.

De nos bons scrutateurs le vote respecté,

Par le président seul paroît être inspecté:

Mais on vote à sa barbe, en risquant l'anathème,

Et quand on sait écrire on écrit bien soi-même.

Le scrutin est fermé. Bientôt le président,

Au rang législatif malheureux prétendant,

Du trône électoral touchant encor le faîte,

Lit sur les bulletins l'arrêt de sa défaite.

O douloureux affront! D'un rival odieux

Trois fois plus que le sien le nom s'offre à ses yeux!

Plus de fraude : un Argus presque sur son épaule,

Du coin de l'œil exerce un utile contrôle.

Mais ce nom qu'il voudroit en vain dissimuler,

A peine avec effort peut-il l'articuler;

En un son rauque et sourd de sa gorge il le chasse,

Et sa bouche l'exhale avec une grimace.

On croiroit voir un Turc parlant de Navarin,

Un gourmet, amateur du Madère ou du Rhin,

Auquel avec malice on versa du Surène;

Un prince qui, brûlant d'ouvrir bientôt l'arène

Au parti dont les chefs d'espoir l'ont su bercer,

Jure de maintenir ce qu'il veut renverser.

Pendant que des billets le total se recense,

On rit d'un candidat qui, fier de sa puissance,
Sur des amis nombreux comptoit depuis un mois ;
En somme il réunit... le dirai-je? une voix.
« C'est moi, lui dit tout bas un malin bon apôtre,
« Homme trop délicat, vous votiez pour un autre! »
Et, poussant un soupir, il répond au railleur :
« Oh! des amis vraiment je connois le meilleur. »
Mais on a dépouillé déjà tous les suffrages
Et de trois candidats constaté les naufrages :
Alors le président, le dépit dans le cœur,
Au milieu des *vivat* proclame le vainqueur.
Les plus pressés en ville ont porté la nouvelle,
Et de l'esprit public le danger se révèle,
Quand des *Vive le Roi* (cris fort séditieux)
Sont le chant triomphal de trois cents factieux.
Pleurez et gémissez, bénins congréganistes!
Vous tous, du sens commun braves antagonistes!
Partout comme un torrent le mal s'est répandu;
On s'instruit, on raisonne: hélas! tout est perdu!
Parmi vous au besoin cherchant de grands coupables,
On veut de bonnes lois et des hommes capables;
Si la concorde naît vous ne pouvez plus rien.
La fin du monde approche: on s'en aperçoit bien,
Car un peuple tout grand qui se tient sans lisière,
Est un cadavre infect, un sépulcre en poussière.

Et comment au pouvoir porteroit-on respect,

Quand pour de petits faux un préfet est suspect?

Qui peut nier qu'enfin tout va de mal en pire

Quand du dîner lui-même on voit déchoir l'empire?

Du Cuisinier Royal le prestige est détruit!

Et pour administrer, l'étude en est sans fruit.

Le fait est décisif, la preuve incontestable.

Chez le traiteur en vogue une superbe table,

Où deux fois cent couverts en ligne étoient placés,

Aux ministériels de leurs travaux lassés

Offrant un doux repos, attendoit le convive.

A peine, au rendez-vous, une vingtaine arrive!

Le chef est furieux, les marmitons transis;

Les jus sont réchauffés, tous les rôts sont noircis.

Dans les flancs du dindon la truffe négligée

S'attriste, en froidissant, de n'être pas mangée;

Et fier d'un gaz fumeux qu'appeloit le cristal,

Le Champagne maudit ses liens de métal.

Pourtant dans ce banquet où la langue est glacée,

La dent ne paroît pas tout-à-fait émoussée.

On mange, eh! quoi donc faire? Il faut prendre un parti:

Le chagrin fut souvent distrait par le rôti!

Mais on ne dit pas mot; les talens oratoires

Sans bruit sont exercés par vingt lourdes mâchoires;

Et ce triste festin se passe moins gaîment

Que tel dîner servi pour un enterrement.

C'est d'un banquet pareil que la carte en instance,
D'un riche Amphytrion vainquit la résistance.
Heureux seroit l'État du mal au bien changé,
S'il étoit quitte au prix d'un repas non mangé!
Mais la carte à payer de ces pauvres ministres
Qui couvroient notre ciel de nuages sinistres,
Sera pour les Français plus dure à digérer.
C'est peu de notre argent qu'ils ont su mal gérer :
De deux cents millions on peut combler le vide.
Mais il faut réprimer la faction avide
Qui, le front sous un masque, envahit les emplois.
Pour quittance, l'impôt veut de l'ordre et des lois.
De vieux ressentimens les traces effacées
Ne s'opposeront plus à l'accord des pensées :
On s'approche, on se voit, on s'entend aujourd'hui;
Et pour de mêmes vœux on s'offre un même appui.
Au banquet du budget où des trésors s'étalent,
Encor quelques frelons à nos frais se régalent :
Pour leur dernier écot demandent-ils de l'or?
De bon cœur cette fois nous le payons encor.
Ouvrons sur le grand livre un compte à l'espérance :
Le crédit n'est pas vain quand le gage est la France!

FIN.

PREMIÈRE JOURNÉE.

> Et la majorité d'un corps électoral
> Sans chefs est une armée où manque un général.

L'autorité a souvent contesté aux électeurs le droit de se concerter hors de son influence; tandis qu'elle a trouvé seules légales les réunions qu'elle a provoquées. L'absurdité de cette doctrine a été démontrée chaque fois que la discussion s'est établie. Nul doute que les réunions préparatoires sont indispensables. On ne blâmera jamais celles du parti absolutiste; qu'il veuille donc souffrir celles de l'opinion constitutionnelle.

> Devient félon au Roi s'il cherche un candidat.

Cette expression est connue. Un avocat-général, fils d'un ex-ministre, se rendit fameux par une sortie contre les électeurs *félons*, lors du procès d'un assassin qu'il proclama électeur religieux, monarchique et consciencieux. Dans diverses circonstances, des préfets ont recommandé les candidats des ministres comme les *candidats du Roi*, et qualifié ceux de l'opposition d'*ennemis du Roi*. Voilà comme on entendoit, dans le bon temps du ministère jésuite, les convenances du régime constitutionnel.

> A l'abri d'un conflit osoit braver les lois.

La législation des conflits est, Dieu merci, sur le point d'être

modifiée; alors ce scandale ne se renouvellera plus, et, fort
heureusement, ce vers ne sera plus intelligible. Toutes les tra-
casseries, toutes les petites fraudes des agens de l'autorité en
matière d'élection deviendront peut-être aussi de l'histoire ancienne, si la loi y met ordre. Mais il faut, tant qu'elles seront
possibles, les battre avec le ridicule et l'odieux. Voici pourquoi je reproduis ici une chanson assez peu poétique, à la vérité, mais très-complète sur ce sujet, et que l'on imprima dans
un journal politique lors des élections de 1824.

LES JOUISSANCES DE L'ÉLECTEUR.

Sur un air populaire.

J'ai cinq mille francs de rente,
Sans compter mon capital.
Mes fenêtres, ma patente,
Le foncier, le principal,
Font, réunis sur ma tête,
Une cote fort honnête.
Quel bonheur! quel honneur!
Quel bonheur d'être Électeur!
Ah! quel bonheur d'être Électeur!

Le sous-préfet, dans la rue,
Me sourit avec bonté;
Notre maire me salue,
Son adjoint m'a visité.
Pour ma voix qu'on sollicite,
D'un grand dîner l'on m'invite.
Quel bonheur, etc.

Moi qui ne sais pas me taire,
A ce dîner je prétends
Que le choix d'un mandataire
Appartient aux commettans.
On me fait une grimace,
Où se cache une menace.
Quel bonheur, etc.

Cependant un éligible
A mon goût s'étoit trouvé;
C'est un homme incorruptible:
J'apprends qu'il est dégrevé.
En revanche on me désigne
Un candidat moins indigne.
Quel bonheur, etc.

A me rendre au grand collége
Je m'étois bien apprêté ;
Mais d'un tel soin on allége
Volontiers un patenté.
Pour m'ôter le double vote
On a raccourci ma cote.
Quel bonheur, etc.

D'avoir ses extraits de rôles
Je sais qu'il n'est pas aisé ;
On exige vingt contrôles,
Jamais on n'a tant visé.
Je vais, j'insiste et retourne,
On m'écarte et l'on m'ajourne.
Quel bonheur, etc.

J'ai passé la soixantaine,
Mes enfans sont établis :
J'offre la preuve certaine
Que j'ai trente ans accomplis.
Il manque à la signature
Le sceau de la préfecture !
Quel bonheur, etc.

Or, tandis que je m'alarme
Sur les pièces qu'il me faut,
Mon voisin , par un gendarme,
A reçu tout sans défaut.
Mais on veut qu'un patriote
Aille et vienne, coure et trotte.
Quel bonheur, etc.

Tout au bout de nos frontières
Le collége est convoqué ;
Je franchis les fondrières
Sur mon cheval efflanqué.
Au port enfin quand j'arrive,
Je m'entends crier : *qui vive !*
Quel bonheur , etc.

Mais on trouve sur ma carte
Certains chiffres mal tournés ;
Je veux invoquer la Charte,
Alors on me rit au nez.
C'est en vain que je m'emporte,
Je me vois mis à la porte.
Quel bonheur ! quel honneur !
Quel bonheur d'être Élécteur !
Ah ! quel bonheur d'être Électeur !

4

Électeur champignon qu'un faux mit sur la liste.

Il y avoit sans doute beaucoup de faux électeurs aux élections de 1824 ; il y en avoit même plus et plus d'abus qu'à celles de 1827. Mais il régnoit alors une sorte de terreur. On laissoit tout passer. A la seconde fois, on y a regardé de plus près, et fort heureusement. Le crime de *faux électoral* est l'un des plus grands crimes politiques que puissent commettre les particuliers ; car il peut plonger le pays dans un abîme de maux. En songeant que la majorité des *trois cents* en a été le funeste résultat, on en sent tout le danger et toute l'infamie. S'il échappe à la sévérité des lois, ou si quelques ménagemens et l'urgence des affaires le soustraient à celle des chambres, il faut qu'il subisse au moins la vindicte de l'opinion publique. On ne sauroit trop le flétrir pour en empêcher le retour ; aussi tel est l'un des principaux objets de ce poème. Puisse-t-il être un pilori pour les faux électeurs !

SECONDE JOURNÉE.

Tout devoit se construire et l'État en dépense
Pour vous avoir élu nous devoit récompense.

Je pense qu'il n'y a pas de mal à se moquer de ces misérables intérêts locaux qu'on prétend faire prévaloir dans une affaire d'intérêt général comme une élection. Les arrondissemens qui n'ont songé, lors du choix d'un député, qu'à l'avantage qu'ils pouvoient en retirer, au détriment d'autres localités, ont été trompés par des promesses banales ; ils le méritoient bien un peu : mais au fond ceci est encore moins leur faute que celle des institutions. Si les intérêts locaux n'étoient pas administrés dans des bureaux placés à cent lieues et par des commis qui ne s'en doutent pas ; si les intéressés nommoient des magistrats municipaux qui ne fussent pas tenus à la lisière par des sous-préfets, des préfets et des ministres, alors ils ne chercheroient pas dans un député un correspondant chargé de

solliciter à Paris le transport de quelques pierres ou le curage
d'un égoût. Ils nommeroient un homme pour discuter l'impôt
et les services publics avec un mûr examen ; pour voter des lois
avec connaissance de cause et surtout avec conscience : tout
seroit dans l'ordre.

Alors sur le terrain on toise, on gesticule, etc.

Aux élections de 1827 on a vu quelque part un député sortant faire cette pitoyable parade. On en haussoit les épaules.

Quand un pouvoir filou nous assiége et nous tente.

Filou ! Le mot est dur et n'est guère noble. J'en suis fâché,
mais il étoit adopté dans les salons des honnêtes gens du temps
du ministère Villèle : on n'en trouvoit pas de plus énergique, ni
de plus exact. On disoit *filouter une majorité.* A qui la faute ? A
ceux qui filoutoient.

Lire sur les billets son nom qu'il n'y voit pas.

Cela s'est vu dans un collége électoral en 1824 : mais les té-
moins qui ont révélé cette turpitude frauduleuse, auroient
mieux rempli leur devoir en prenant le coupable sur le fait,
d'autant plus que son élection a couronné son impudence.

C'est notre affaire à tous, Français de tous les rangs.

L'autorité prétend encore assez souvent contester le droit
de se mêler des élections à ceux qui ne sont pas électeurs ;
c'est vouloir empêcher l'action de l'opinion publique dans le
moment où elle est formellement consultée. Eh ! l'autorité se
gêne-t-elle d'exercer son influence (et de quelle manière !),
avec tous ses agens dont la plupart ne sont pas électeurs ?

LA NUIT.

Qui bravant de nos lois les rigueurs tutélaires,
Méritent de passer du carcan aux galères.

On n'a qu'à consulter le Code pénal : on y verra aussi comment devroient être punies les prévarications et les forfaitures des fonctionnaires publics, s'ils n'étoient pas inviolables en vertu de la constitution consulaire.

> Et d'autels dissidens, mais non séditieux,
> Un encens libre et pur montera vers les cieux.

Telle est, il me semble, la religion des Fénélon et des Rousseau, des Lascasas et des Guillaume Penn, des Howard et des Vincent-de-Paule.

> Maudire à haute voix le bonheur d'être libre.

La liberté me semblera toujours mal comprise tant que ses ennemis eux-mêmes n'en jouiront pas dans toute sa latitude, et jusqu'au point de ne pouvoir pas en priver les autres, car ce seroit la détruire. Si j'ose citer mes foibles écrits, je peux rappeler que depuis dix ans je n'ai cessé d'invoquer une égale liberté pour toutes les croyances, pour toutes les opinions, pour tous les intérêts de la société.

> Pour faire cette fois un député bâtard.

Un faux député n'est pas autre chose ; heureusement que si, par surprise ou autrement, il s'en étoit glissé quelques-uns dans une assemblée législative, leur vote ne pourroit infirmer que de mauvaises lois. Il n'est pas présumable qu'ils concourussent à la majorité qui en voteroit de bonnes. C'est ainsi que les faux électeurs ne peuvent vicier que l'élection des candidats portés par le parti en possession d'exercer la fraude.

TROISIÈME JOURNÉE.

Ont été prudemment mis en charte-privée.

On a vu dans les importantes discussions sur la vérification des pouvoirs de la chambre *constitutionnelle* l'aventure de trois électeurs des frontières d'Allemagne qui ont été ainsi tenus en charte-privée par les autorités, quoiqu'ils n'entendissent pas un mot de français. Mais on leur avoit dicté leur vote. Au fond, ces braves gens étoient des électeurs aussi libres que tous les fonctionnaires et parens de fonctionnaires, selon les principes du ministère *déplorable*.

> si j'en crois un auteur
> Presque toujours exact quand il n'est pas menteur.

Ce jugement est tel que l'eût prononcé vraisemblablement M. de la Palisse. Au surplus, il concerne Hérodote.

> On cite une beauté de haut lignage issue, etc.

Ce genre tout romanesque de séduction électorale a été exercé dans beaucoup d'endroits.

> Mais il falloit d'un fouet lui sangler la ceinture,
> Pour mieux chasser du temple un marchand d'imposture.

On voit bien que ceci est purement métaphorique. Je ne prétends point qu'il soit absolument nécessaire de fouetter les espions faux-électeurs, quoique ce cumul n'inspire pas beaucoup d'intérêt pour leur personne : mais je parle de fouet à propos de toupie, et, dans tous les cas, je prends un exemple dans l'Évangile. En outre, on remarquera que c'est à la porte du collége seulement que je fais pirouetter Toufignon ; dans l'intérieur, la police appartient au président, et si les faux-électeurs, cédant à des avis motivés, en sortent sans voter, c'est qu'ils se rendent eux-mêmes justice.

> Près d'une étroite estrade, ou plutôt sur ses bords, etc.

Cette estrade est étroite pour que le fauteuil du président soit adossé à la muraille et qu'un scrutateur ne puisse pas se tenir derrière lui. Les cartons dans lesquels on écriroit son vote à couvert, ne peuvent offrir aucune commodité pour cela, à cause de l'élévation du bureau ; on s'est même avisé dans quelques endroits d'y placer des cartons qui ne pouvoient s'ouvrir, tant le génie des *subalternes* de M. de Villèle étoit inventif. Aussi les électeurs qui tenoient à cacher leur vote n'avoient pas d'autre ressource que d'écrire sur leur genou, dans leur chapeau et derrière leur main. Toutes ces petites finasseries administratives font sentir combien il est nécessaire que la loi pourvoie elle-même aux moyens matériels de son exécution. Les plus minutieux détails sur la construction du bureau, et tout ce qui s'ensuit, n'étoient point indignes de l'attention du législateur.

Le scrutin est fermé, etc.

Je m'aperçois que j'ai oublié le goutteux, le paralytique ou l'octogénaire qui se fait apporter sur une chaise à bras ; beaucoup d'autres menus traits de ce genre sont sans doute omis. Mais on ne peut tout dire ; on sait quel est le secret d'ennuyer.

Plus de fraude. Un Argus, presque sur son épaule, etc.

Une taille de cinq pieds dix pouces est, en pareil cas, un avantage précieux ; cela devoit être une recommandation pour être nommé président de collége électoral. On a entendu parler de ce géant ministériel qui lisoit les bulletins debout, et en les tenant si haut qu'aucun scrutateur ne pouvoit le surveiller.

Et sa bouche l'exhale avec une grimace.

On épargneroit cet affront et ce supplice aux présidens, en s'abstenant d'en faire des candidats obligés. Ce seroit plus décent et plus favorable à la liberté des votes.

Jure de maintenir ce qu'il veut renverser.

La pratique des restrictions mentales est abandonnée maintenant aux bigots vulgaires. On a perfectionné le parjure. Pour cela on change un mot à son serment, on le prononce au milieu du bruit ; au lieu de poser la main sur l'Évangile, on y touche à peine du doigt, et l'on se cache derrière la robe d'un prélat.

Est un cadavre infect, un sépulcre en poussière.

Ce sont les expressions favorites de nos mystiques alarmistes et d'une foule de prédicateurs qui croient suppléer au talent par l'extravagance.

Si la concorde naît, vous ne pouvez plus rien.

Ces mots de concorde, de rapprochement, de fusion, excitent au plus haut point les fureurs de la coterie déchue; leur effet est infaillible pour exorciser un jésuite.

Quand du dîner lui-même on voit déchoir l'empire.

Le *Journal des Débats* a porté le dernier coup aux dîners ministériels, en avançant assez plaisamment que, considérés sous un point de vue purement gastronomique, ils étoient fort au-dessous de leur réputation.

C'est d'un dîner pareil que la carte en instance, etc.

Ce petit procès gastronomico-électoral a déridé la justice et fait rire la France pendant quinze jours. L'Amphytrion ministériel ne vouloit pas payer pour cent ce qui n'avoit été mangé que par dix; le traiteur de son côté prétendoit que dix ministériels mangent comme cent. On s'est accommodé en faisant une cote mal taillée.

On s'approche, on se voit, on s'entend aujourd'hui.

Il y a dans l'ancienne noblesse, comme partout, des gens d'esprit et des gens de l'espèce contraire: il ne faut pas s'occuper de ceux-ci, ils sont incorrigibles. On pourra toujours s'entendre avec les autres sur les questions vitales du gouvernement représentatif. Telle étoit la pensée d'une brochure intitulée: *La Malle-Poste* ou *Les Deux Oppositions*, que je publiai pendant la dernière inquisition censoriale, et que plusieurs de mes lecteurs n'ont peut-être pas oubliée. Je la rappelle parce qu'elle a été l'un des premiers symptômes de rapprochement entre deux partis naguère si opposés, et parce qu'elle renferme des prédictions qui se sont accomplies. Grace, en partie, à la fusion dont elle exprimoit le vœu, le *souffle électoral* de la France a renversé une majorité déplorable comme le ministère qu'elle soutenoit et qui l'avoit faite.

Maintenant pour que le triomphe de la cause du pays se consolide, il faut deux choses : Que la majorité des deux chambres veuille réellement le gouvernement représentatif; que les agens de l'administration ne soient pas des ennemis connus de ce gouvernement ; sans cela il y auroit révolution effective. Comme il est juste que toutes les opinions aient leurs organes, rien de mieux que l'opinion absolutiste et intolérante ait des organes dans les deux chambres ; mais elle n'y doit être qu'en minorité, comme elle l'est dans la nation. Son rôle naturel est de faire de l'opposition ; puisqu'elle n'aime pas les doctrines nouvelles, qu'elle s'attache à prendre en défaut leurs partisans : de la sorte elle pourra rendre quelques services au pays. Mais que cette opposition au gouvernement soit investie de l'administration presque entière, c'est désordre : c'est le gouvernement conspirant contre lui-même avec ses propres forces.

Mais ce n'est pas ici le lieu de développer cette idée.

9 782329 059396